Der kleine Panda und der alte Tiger

Der Autor

Abbildung 1: Der Autor. Foto: Birgit-Cathrin Duval.

Aljoscha Utermark, geb. 1974, ist ein ehemaliger Zeitsoldat (SaZ 12 mit Studium). Nach einem MBA in Internationalem Management an der ESB Reutlingen verbrachte der Staatswissenschaftler seit 2005 mehr als drei Jahre in Asien, vornehmlich in der VR China.

Von 2011 bis 2014 lehrte er als Universitätslehrer in *Ningbo* 宁波, *Zhejiang* 浙江, Deutsch als Fremdsprache; zusätzlich unterrichtete er Englisch an einer Grundschule und als Hauslehrer. Derzeit lebt und arbeitet er im Rhein-Main-Gebiet. Herr Utermark ist zudem ein einsatzerfahrener Offizier und Oberstleutnant d. R.

Sie können den Autor per E-Mail an derkleinepanda@chingchang-chinese.eu erreichen.

Widmung des Autors

Dan in Liebe und mit Respekt gewidmet.

Aljoscha Utermark

Der kleine Panda und der alte Tiger

Eine Erzählung für Jung und Alt

Texte zur Entschleunigung, Bd. 2

Bibliografische Information der Deutschen Nationalbibliothek:
Die Deutsche Nationalbibliothek verzeichnet diese Publikation in
der Deutschen Nationalbibliografie; detaillierte bibliografische
Daten sind im Internet über http://dnb.dnb.de abrufbar.

© 2017 Aljoscha Utermark
1. Auflage

Herstellung und Verlag: BoD – Books on Demand, Norderstedt

ISBN: 978-3-7448-3779-8

Auch als E-Book erhältlich. Zum Zeitpunkt der Drucklegung lag
die ISBN für das E-Book noch nicht vor.

Inhaltsverzeichnis

卜算子

我住长江头，
君住长江尾。
日日思君不见君，
共饮长江水。
此水几时休，
此恨何时已。
只愿君心似我心，
定不负相思意。

Li Zhiyi 李之仪,
chin. Dichter (ca. 1048 – 1117)

Der kleine Panda und der alte Tiger

Es geschah in einem fernen Land, dass ein Panda wie viele andere Pandas zur Schule und dann in der Fremde zur Hohen Schule ging, um für sich und für seine Panda-Familie Bildung zu erlangen. Der kleine Panda war schon hübsch, aber er war noch wie eine nicht aufgeblühte Rose, die erst durch den Betrachter zu dem wird, zu dem sie bestimmt ist.

In der hohen Panda-Schule hatten die Ältesten ein Experiment gewagt und einen sehr gebildeten Tigermann aus der Ferne geholt. Dieser war, obwohl man es ihm nicht ansah, überaus zerbrechlich, und er war in der Vergangenheit fast gebrochen worden. Durch was und durch wen er hatte leiden müssen und wie der niedliche Panda dem schon etwas älteren Tiger half, diese kleine, aber wahre Geschichte will ich Euch, Kinder, nun erzählen. So nehmt Platz, legt das Mobiltelefon nicht nur weg, sondern schaltet es aus und hört, was ich Euch an diesem Abend zu sagen habe.

Die hohe Panda-Schule, so müsst Ihr wissen, war eine ganz große Schule. Über 30.000 Pandas, Mädchen-Pandas und Jungen-Pandas gingen dort gemeinsam zur Schule und lernten Allerlei für ihr Leben. Auch wurde dort die Muttersprache des Tigers unterrichtet, der diese wahrlich beherrschte.

Zu seinem Glück waren die meisten Pandas in seinen Klassen wohlerzogene, junge Mädchen-Pandas, die nicht nur hübsch anzusehen, sondern auch überaus fleißige und artige Schülerinnen waren. Das genoss der Tiger, denn er hatte in seinem Leben schon so viele Tiger erziehen müssen, die ihm das Leben sehr schwer gemacht hatten. Nun war das endlich eine neue Aufgabe für unseren Tiger, die er gerne aus Herzensgründen annahm und die ihn innerlich glücklich machte. Das zeigte er zwar nicht offen, aber tief in seinem Herzen wusste er, dass er es gerne tat.

Die Pandas hatten natürlich etwas Angst vor dem Tiger, zum einen weil sie zur Ehrfurcht gegenüber allen Lehrern erzogen worden waren, zum anderen weil der Tiger in der Tiger-Armee gedient hatte. Nichts Genaues wusste man, aber wie in jeder Schule hatten die Pandas Augen, die Wände hatten Ohren und nichts verbreitete sich schneller als ein Gerücht.

Das erste Jahr war für den Tiger eine lange Angelegenheit, die er erst hinter sich bringen musste. Man kümmerte sich um ihn, aber man mied ihn auch. Man wollte mit ihm Geld verdienen, aber nicht mit ihm etwas trinken gehen. Und das Wetter war so scheußlich, dass der Tiger mehrfach krank wurde.

Das zweite Jahr war nach einem kurzen Urlaub des Tigers schon viel entspannter. Er musste nur noch wenige Unterrichte vorbereiten und mit der Entscheidung, wieder viel Sport zu machen, verließ er immer öfter seine kalte, graue und triste

Tiger-Höhle und unterließ den Konsum von so manchem schädlichen Getränk.

Die Pandas sahen ihn, begrüßten ihn und luden ihn zum gemeinsamen Spielen ein. Eine Sache, die den alten Tiger zwar langweilte, aber sie konnten es als junge Pandas nicht besser wissen. Vielleicht langweilte er sie auch mit seinem Gerede und mit seinen tiefen Gedanken, die den jungen Pandas doch so fremd waren, weil sie andere Sorgen hatten. Das Wohl ihrer Familien war eine ihrer größten Sorgen, aber auch die Lage im Panda-Land bereitete ihnen Kopfzerbrechen, denn gute Bildung bedeutete nicht mehr zwangsläufig auch eine gute Arbeit zu finden und somit ein gutes Leben zu haben. Das kleine Glück schien für viele von ihnen in Gefahr.

Zu Ende des zweiten Jahres hatte der Tiger einen weiblichen Panda gefunden. Man traf sich gelegentlich und man wurde, wie es unvermeidbar war, auch gesehen. Jedoch war dieser Panda zu ruhig für den Tiger. So wollte er einfach abwarten, was ihm die Zukunft bringt.

Zur gleichen Zeit saß ein anderes Panda-Fräulein brav im Klassenzimmer und lernte so fleißig, dass es zu einer der besten Schülerinnen wurde. Dies bemerkte der Tiger gar wohl und es freute ihn, denn die Mädchen gaben sich mehr Mühe als die Jungen. Was der Tiger aber noch nicht wissen konnte war, dass dieser kleine Panda sich eine Sache in den Kopf gesetzt hatte. Er wollte mit dem Tiger etwas unternehmen. Zielstrebig und doch ruhig ging der kleine Panda es an.

Innerhalb von wenigen Wochen hatte unser kleiner Panda das erste Treffen mit dem Tiger. Es war ein schönes Treffen. Der Panda lud den Tiger zu einer Kunstaustellung ein. Der Besuch machte beiden viel Spaß und danach bekam der Tiger seinen Kaffee und seinen Kuchen, und er war glücklich. Der kleine Panda musste zwar lange schweigen, weil der Tiger so viel zu erzählen hatte, aber auch der kleine Panda genoss das erste Zusammensein.

Jedoch musste der Tiger sich noch um die Prüfungen kümmern und so fand er keine Zeit für ein weiteres Treffen. Der kleine Panda dachte sich das und wartete geduldig. Aber als der Tiger dann während der Sommerferien für mehrere Wochen in das ferne Tiger-Land flog, so war der kleine Panda ganz einsam. Jeden Tag schaute der Panda in seinen Briefkasten, aber lange Zeit war dort keine Nachricht des Tigers zu finden.

Als dann doch eines Tages eine Nachricht des Tigers zu sehen war, so war der kleine Panda überaus glücklich. Was der kleine Panda zu diesem Zeitpunkt nicht wissen konnte war, dass der Tiger fast keinen Kontakt mehr mit dem anderen Panda-Fräulein hatte. Dieses war ihm schon ein wenig fremd geworden. Als der Tiger dann auch noch nach einem langen, anstrengenden Flug in der Hitze der Panda-Stadt ankam und von jenem Panda-Fräulein nicht am Busbahnhof abgeholt wurde, so war für ihn eine Sache klar: Es gibt bestimmt auch liebere Pandas, die sich mehr und besser um verletzliche Tigerherzen kümmern können.

Auch er war wie der kleine Panda zu diesem Zeitpunkt noch ganz unsicher, unwissend, ob er gerade diese Person in dem lieblichen Panda-Fräulein mit den schönen großen Kulleraugen und der Nase mit dem entzückenden Nasenbuckel schon gefunden hatte. Eigentlich hatte der kleine Panda ihn gefunden, ihn ausgesucht, aber liebe Kinder, manchmal vergisst der liebe Onkel doch so manches Detail.

Als der Tiger wieder in seiner Höhle war und sich ausgeschlafen hatte, bekam er großen Hunger, also meldete er sich bei dem kleinen Panda.

Doch oh weh, der Panda war noch nicht wieder in das Wohnheim für Mädchen-Pandas zurückgekehrt. Also musste der Tiger warten, aber der Panda wartete doch auch, so war es für beide nicht so schlimm. Nach wenigen Tagen, die beiden wie mehrere Wochen vorkamen, kehrte der hübsche kleine Panda wieder in die Stadt zurück. Und wie sollte es anders gewesen sein? Der Tiger und der kleine Panda verabredeten sich zum gemeinsamen Essen. Kinder, Ihr müsst wissen, dass man im Panda-Land viel häufiger zum Essen ausgeht als dass man zu Hause für Gäste kocht.

Dieses Abendessen war schon sehr nett, und es sollten noch viele weitere folgen, denn der kleine Panda mochte den Tiger und der Tiger mochte den kleinen Panda. So ergab es sich, dass man sich zum Essen traf. Man machte gemeinsam Sport, manchmal brachte der kleine Panda auch dem starken Tiger Bananen, damit er weiterlaufen konnte. Man saß gemeinsam am Fluss, genoss das Wetter, sprach miteinander, lächelte und schwieg miteinander.

Man sah sich aber auch im Klassenzimmer und das war für beide gefährlich, denn der Tiger war ein ausländischer Tiger, und der Panda durfte mit dem Tiger nichts Privates unternehmen.

15

Aber, liebe Kinder, zum Glück besteht das Leben nirgendwo auf der Welt nur aus Regeln, sondern es gibt immer weitere Möglichkeiten. Man muss nur wissen, was man will und dann ergeben sich auch Wege. So kam es, dass der kleine Panda es schaffte, in die Höhle des Tigers zu gelangen. Diese war zwar stark bewacht, um den Tiger vor sich selbst zu schützen, aber der kleine Panda nahm all seinen Mut zusammen und besuchte den Tiger.

Dort bemerkten dann beide, dass sie mehr füreinander empfanden, als nur ein kleines Interesse. Es war der Beginn eines sehr starken Gefühls, das sie anzog wie die Sonne die Erde anzieht. Man umkreiste sich, man umarmte sich, man vermisste sich, man sehnte sich nach dem Anderen, man wartete gespannt auf das nächste Wort aus dem Mund des Anderen, man schwieg gemeinsam und doch war immer etwas zu spüren. Ein Band, das den kleinen Panda an den Tiger band und das den Tiger an den kleinen Panda band.

Der Tiger, so war ihm anzumerken, genoss das, denn er war lange Jahre durch Täler der Tränen gegangen, war alleine in der Wüste umhergeirrt, hatte sich verzettelt, hatte sich verwirrt, hatte an sich selbst gezweifelt, aber hier war das, was dem Leben Sinn gibt: die Liebe und die Hoffnung auf bessere Zeiten mit dem kleinen, zerbrechlichen Panda an seiner Seite, der er es wahrlich wert war, geliebt zu werden.

Natürlich war der kleine Panda noch jung und so manche Kratzer erlitt er, wenn er mit dem Tiger schmuste, doch der starke Tiger war ein verantwortungsvoller Tigermann. Einer, der sein Wort hält und einer, der gerade und aufrecht durch das Leben geht.

Der kleine Panda war mutig und sah den Tiger immer öfter. Beide genossen die gemeinsame Zeit, aber leider sollten die Reisepapiere des Tigers bald ungültig werden. Und der fleißige Tiger hatte nicht genügend Geld, um seine Papiere in einer nicht weit entfernten Stadt für viel Panda-Geld erneuern zu lassen. Ja, das ist eine schlimme Sache, Kinder, dieses Geld. Entweder man hat es und man genießt es. Hat man es aber nicht, so kann man es nicht genießen und vieles andere ist weniger wert.

Der Tiger entschloss sich zur Rückkehr in sein Tigerland. Der kleine Panda war ganz traurig und wollte, dass er wenigstens noch einige Monate blieb, aber der Tiger blieb hart, denn seine Mutter hatte ihn gerufen. Seinem Vater ging es sehr schlecht und beide brauchten ihn. So packte er seine sieben Sachen, und der Abschied kam immer näher.

Der kleine Panda machte dem Tiger aber noch ein Geschenk, das einzigartig war. Den Tiger freute es, und er war sich schon damals seiner Verantwortung für den kleinen Panda bewusst.

Der kleine Panda fuhr dann zu seiner Mutter nach Hause und kurz darauf verließ der Tiger das Panda-Land, um in seinem Land neu anzufangen. Er wusste, dass er mindestens 18 lange Monate auf den kleinen Panda warten musste, denn so lange sollte noch dessen Schule dauern. Aber ihm war das so viel wert, dass er bereit war, zu warten. So sah es auch der kleine Panda. Und liebe Kinder, weil beide das wollten, haben sie es auch geschafft.

Der kleine Panda kam nach über 18 Monaten in das Tigerland und beide trafen sich. Natürlich gab es am Anfang Streit, denn man hatte sich so lange nicht gesehen. Doch nach weiteren drei Monaten traf man sich in der Hauptstadt des Tigerlandes und beide bemerkten, dass sie sich immer noch sehr liebten.

So gingen die Monate und die Jahre in das Land, und beide sahen gar nicht die dunklen Wolken am Horizont. Sie arbeiteten viel zu viel und sahen sich zuletzt zu wenig. So kam es, dass sie das viel häufiger taten, was sie früher nur gelegentlich getan hatten. Sie stritten sich und das war nicht gut, meine lieben Kinder.

Der Tiger aber blieb seinem Herzen treu, denn er hatte schon einiges mit Tiger-Damen erlebt, und er wollte nicht erneut, einen Teil von sich sterben sehen. So ertrug er so manche Laune des kleinen Pandas und hoffte auf das Ende des Regens. Der kleine Panda meinte es aber gar nicht böse, denn das kalte Tigerland war ihm doch sehr fremd und teuer, und seine Mutter machte ihm so manchen schweren Kummer.

Als jedoch der kleine Panda bemerkte, dass unter seinem Herzen das Herz eines kleinen Tiger-Pandas begonnen hatte zu schlagen, so erkannte der kleine Panda in seinem Innersten, dass er den Tiger immer noch sehr liebte. Das Panda-Fräulein wusste nun, dass es kein größeres Glück im Leben gibt als den Partner gefunden zu haben, der einen ohne Vorbehalt liebt, zu einem steht und den man deshalb glücklich sehen möchte.

So blieben sie zusammen, bekamen mehrere Tiger-Pandas und lebten gemeinsam glücklich bis an das Ende ihrer Tage.

~ ~ Ende ~ ~

Anhang

Danksagung

Jedes Buch entsteht im Geiste, jedoch bedarf es meistens des Anstoßes von außen, so dass etwas Neues geschaffen oder schon Bekanntes zumindest in eine neue Form gegossen werden kann.

Der Autor dankt zutiefst demjenigen Menschen, der ihn nicht nur in emotionale Turbulenzen gestürzt, sondern ihn auch zu emotionalen Hochs gebracht hat. Trotz allen Liebesschmerzen bleibt frei nach Johann Wolfgang von Goethe die folgende Feststellung zutreffend: *„Es ist die Liebe, die die Welt im Innersten zusammenhält."*

Mit diesen Worten möchte der Autor dieses kleine Werk beschließen, jedoch nicht ohne dem Leser zu danken, dass er seine Zeit zur Lektüre des Werkes zur Verfügung gestellt hat. Für konstruktive Leserkritik ist der Autor dankbar.

Für alle stehengebliebenen Fehler liegt die Verantwortung allein beim Verfasser.

Abkürzungsverzeichnis

ASIN	Amazon® Standard Identification Number
Bd.	Band
chin.	chinesisch
ca.	circa
d. R.	der Reserve
E-Book	electronic book
E-Mail	electronic mail
ePUB	electronic publication
erw.	erweitert
ESB	European School of Business
gb.	gebunden
geb.	geboren
ISBN	International Standard Book Number
MBA	Master of Business Administration
MOBI	MOBI-Format
PDF	Portable Data Format
SaZ	Soldat auf Zeit
TB	Taschenbuch
VR	Volksrepublik

Bildnachweis

Buchanzeigen

Utermark, Aljoscha: Vom Umgang mit Drachen: deutsche
Männer und Chinesinnen. Hamburg: tredition 2014 (Sa-
tirischer Leitfaden für China-Fremde, 1).
ISBN: 978-3-8495-7600-4 (gb.)
ISBN: 978-3-8495-5139-1 (TB)
ISBN: 978-3-8495-7636-3 (E-Book epUB)
ASIN: B00INYETOI (E-Book)

Utermark, Aljoscha: Ningboer Anthologie. Gedichte aus
und über China. 2., erw. Auflage. Norderstedt: Books
on Demand 2015 (Texte zur Entschleunigung, 1).
ISBN: 978-3-7386-2833-3 (gb.)
ISBN: 978-3-7322-4479-9 (TB)
ISBN: 978-3-7392-9760-6 (E-Book epUB)
ASIN: B016V53928 (E-Book)

Utermark, Aljoscha: Ishihara Shintarōs Buch „The Japan
that can say No". Ein Werk der *nihonjinron*-Literatur?
München: GRIN 2017.
ISBN: 978-3-6684-0030-6 (TB)
ISBN: 978-3-6684-0029-0 (E-Book PDF)
ISBN: 978-3-6684-0029-0 (E-Book epUB)
ISBN: 978-3-6684-0029-0 (E-Book MOBI)
ASIN: B06XK69M9Y (E-Book)

Der 2. Band aus der Reihe „Satirischer Ratgeber
für China-Fremde" erscheint 2017.

Autorenprofil

Ihre Gedanken